KB268593

우리 시대 현대시조 100인선 42

작은 것이 아름답다

이 한 성

태학사

우리 시대 현대시조 100인선 42

작은 것이 아름답다

초판 인쇄 2000년 12월 28일 • 초판 발행 2000년 1월 1일 • 지은이
이한성 • 펴낸이 지현구 • 펴낸곳 태학사 • 주소 서울시 서초구 서초
2동 1357－42 • 전화 (02) 584－1740 (代) • 팩스 (02) 584－1730 • e-mail
thaehak4@chollian.net • http://www.thaehak4.com • 등록 제22－1455호

ISBN   89-7626-617-X   04810 • ISBN   89-7626-507-6   (세트)

☞ 저자와 협의하에 인지를 생략합니다.
☞ 파본은 구입한 곳이나 본사에서 바꾸어 드립니다.

임자도   38

제2부 어떤 중독

구계등   43
어떤 중독   44
아파트   46
기자   47
연(鳶)을 날리다   48
고로쇠나무   50
운암동 시편·1   51
운암동 시편·2   53
노을 편·1   54
노을 편·2   56
노을 편·3   57
방울토마토   59
낚시광(狂)   61
하구언에 와서   63
다시 어산리에 와서   65
가뭄   67

차례

제1부 낮에도 달은 뜬다

섬진강·1   11

섬진강·2   13

사랑법   15

장마·1   16

장마·2   18

쉬운 시   19

봄날   20

작은 것이 아름답다   21

독감   23

목련   24

풍경·1   25

풍경·2   27

광목간(光木間)   29

겨울 이야기   30

달맞이꽃   32

낮에도 달은 뜬다   33

강아지풀   34

미움의 끝   36

복(伏)날   37

목포대학교 백일장 심사를 끝내고 교정에서

처녀시집 『과정』 출판기념회 이태극 시인 축사(1979) (왼쪽부터 정소파, 이태극, 문병관, 김종 시인)

광주시인협회 시낭송 후 회원들과 함께(1993)

제3시집 『뼈만 남은 꿈 하나』 출판기념회에서 광주 문인들과 함께(1992)

저승꽃 피다　68

제3부 마음이 이끄는 길

마음이 이끄는 길　71

목어　73

운주사　74

노자(老子)의 물　75

바울의 꿈　77

말씀·1　79

말씀·2　81

말씀·3　83

말씀·4　84

교단 일기·1　86

교단 일기·2　87

교단 일기·3　88

희망에 관하여　89

허무가　91

눈총　93

제4부 누구나 사람들은 탈을 하나 쓰고 산다

희망가　　　　　　　　　　　　　　　　97
별들이 떨어진 밤　　　　　　　　　　　98
범털동 풍경　　　　　　　　　　　　　99
누구나 사람들은 탈을 하나 쓰고 산다　101
풍자　　　　　　　　　　　　　　　　102
현대인　　　　　　　　　　　　　　　103
담시　　　　　　　　　　　　　　　　104
응급실 유감 · 1　　　　　　　　　　　105
응급실 유감 · 2　　　　　　　　　　　107
마당발 시인들　　　　　　　　　　　　109
평자(評者)의 칼　　　　　　　　　　　111
탈춤고(考)　　　　　　　　　　　　　113
정형외과　　　　　　　　　　　　　　115

해설　천균(天均)을 향한 의지 · 정우택　117
이한성 연보　　　　　　　　　　　　　131
참고문헌　　　　　　　　　　　　　　132

제1부 낮에도 달은 뜬다

섬진강 · 1

산죽(山竹)들이 물 속에서 사각사각 눈을 뜨면
지리산 산꽃들이 떠오르는
섬진강
목이 긴 핏빛 메아리,
노을 한 폭 깔고 있다.

허물 벗은 꽃뱀처럼 몸을 뒤튼
물길마다, 뿌리 없는
물안개가 띠를 둘러 흘러, 흘러

새벽녘
눈부심 속에
물총새도 날고 있다.

산숲을 짜고 있는
거울 같은 수면 위에

노를 저어 떠 흐르는

노오란 산수유꽃

섬진강
갈라진 물목,

은어떼가 뛰고 있다.

섬진강 · 2

떼죽음 당한 이야기 물 파래쳐
역류(逆流)하면
별이 내려 징을 박는
주름진
강변(江邊) 둔치

보리 목
처연한 직립(直立),

길목을 막고 있다.

눈먼 세월 달빛마저 핏빛으로 베인 아픔
가을산 불이 되어
화인(火印)처럼 찍혀 있다.

산(山)사람
넋 씻는 바람 소리
산 그림자 끝을 접어

젖어 있는 산봉우리
봉분(封墳)처럼 뜨고 있다.

숨죽여 바라보면 열려 있는
열 길 물 속

산발한
혼령(魂靈) 하나가
맨발로 가고 있다.

사랑법

절절한 사랑도 오래 보고 있으면
눈총에 맞구멍나 붉은 피를 쏟는 법
서너 날 묵혔다가 다시 보는
가슴 하나 지녀라.

장마 · 1

성난 주의보에 키를 낮춘 여름 하늘
양심의 조각들이 반쯤 걸린 하수구에
빗물은 황룡(黃龍)이 되어
또아리를 틀고 있다.

길눈 잃은 똥차들이 발을 들고 서성인다.

젖은 하늘 훔쳐 내린
그 날
그 핏빛 거리

산[生] 자의
욕심 한 채가
섬이 되어 떠오르고.

기다림의 팔 벌림에 빈 마음만 누워 있다.
인간사 깊은 애증(愛憎) 넘치는
세상 길에

외마디
비명 소리만
흙탕 속에 녹고 있다.

장마 · 2

추자 멸젓 옹기처럼 썩어나간 기인 장마
빗물이 그려 놓은 벽면 지도, 그 언저리
남해의 쪽빛 물결만 쑥물처럼 출렁인다.

일렁이는 숲 한 짝이 거룻배로 떠 흐르고
사방을 짜고 있던 길들의 무너짐에
떠받친 하늘 한 자락 발목에 잠긴다.

쉬운 시

맞바람에 구름 들듯 먹이만 탐을 내던
발발이 꽃순이가 붉은 울음 토합니다.
약 먹고 죽은 옆 집 쥐를
한 입 꿀꺽했나봅니다

야광(夜光)처럼,
두 눈에 불을 켜고 땅만 파던
네 다리 여린 발톱 핏물 위에 떠 흐르는데
헉, 헉헉
몰아 쉬는 숨
긴 꼬리를 감춥니다.

봄날

자꾸만 졸음으로 넘어지게 하는 오후

들판으로 나가 보라,
풀꽃들이 웃고 있다.
마음도 나비처럼 날으는
이런 날은

햇살도 층층이 쌓여
부챗살을 펴고 있다.

작은 것이 아름답다

－난(蘭)·사설(辭說)

바람 끝 감각(感覺)으로 취한 듯
흔들려도
세월은 저 혼자서
겨울산을 넘고 있다.

주금(朱金)빛
짜여진 산하(山河),
떠받치며 떨고 있다.

절망도 해탈(解脫)하면
희망처럼 불 밝히나.

파산(破散)한
노을 빛 속에
꽃대 올린 보춘화

산비탈
솔방울 같은

작은 것이 아름답다.

독감

속삭이듯 서걱이는
갈대의
입을 빌려

너덜경*
물빛보다
더 맑은
젓대 소리로

새들은
울고 있었다,
홍반(紅斑)의 열꽃 속에.

* 무등산에 있는 약수터 이름

목련

한 무리 나비 떼가 깃을 치고 날고 있다.
못다 푼 한줌 꿈을 눈물로 부리면서
평생을 형틀에 묶여 곰삭을 줄 알았는데

대륙성 황사 바람 길을 열어 쓸고 있다.
노을도 붉게 타다 시커먼 속을 보여
마당 귀 지키고 선 나무
달이 와서 앉아 있다.

풍경 · 1
―늦가을 주암호에서

일획으로 꿈틀거린 산맥들이 무너졌다
먹물이 제 몸 밖으로
혼을 빼 내보내듯

목 울음
울던 보름달이
수장(水葬)되어 있었다.

늦가을 풀꽃들이
먼저 알고 떠나던 날

헛손질로 자지러진
미루나무
한
그루

제 얼굴 들여다보듯

부표처럼 떠 있다.

굴절되어 거꾸로 일어서는
산을 보며
꾀 벗은 억새들이 몸을 뒤튼
새벽녘에

갇혀 산
이야기들이
수증기로
승천(昇天)하고 있었다.

풍경 · 2
―구계등

항아리로 떠서 사는 섬들을 보고 있다.

빗물이 바닷물과 몸을 섞는
합궁(合宮)의 밤

구계등
허물어진 소리,
물밑까지 뒤흔드는.

하늘 땅이 맞닿아
쏙물 가득 넘치는
밤

해풍 속에 실려오는
죽은 어부(漁夫)
울음소리

붉게 탄

섬동백꽃이
화분(花憤) 하나 쌓고 있다.

광목간(光木間)

야적(野積)된
생각들이
활처럼
휘어
떤다.

덩그란
육신 하나
견인당한
영혼이여.

지도 속
국도(國道) 1번지,

들판까지 끌고 간다.

겨울 이야기

웃자란 청(靑)보리밭 이불 한 채 덮고 있다.
아픔 하날 묻으면 봄은
또 환생(還生)하나

저 하늘
흉흉한 징조(徵兆),
구름장을 뜯고 있다.

온몸을 치켜세운 등뼈마저 굽고 있다.
맨살을 저며오는
비수(匕首) 같은 바람 끝에

통째로
흔드는 영혼,
가라앉은
삼동(三冬)이여.

쌍봉 밑 가랑이 사이

하혈(下血)하듯 쏟은
눈발,

회자(膾炙)되어 떠밀리는
풍문 한 장 묻어 두면

순백(純白)의
절정 속에서
거듭나는 생(生)이여.

달맞이꽃

밤이면 피가 돌아 열꽃처럼 피고 있다.
너울대는 조모가지에 울음 터진 과부(寡婦)의 꽃
깊은 밤 보름달이 또 금가락지를 끼고 있다.

낮에도 달은 뜬다

등 굽은 고기처럼 손톱에도 뜨는 반달
뿌리 들린 외떡잎도 속울음이 타는 것을
여보게, 시간에 젖어 사는
우리들은 잊고 있네.

신경이 죽으면 아픔 또한 절망한 것
바람든 섣달 청(靑)무, 이장하는 꿈을 꾸네.
하늘목 휘도는 구름
미친 속을 보고 있다.

강아지풀

키를 낮춰 기고 있는
요, 요요
강
아
지
풀

자갈길
엉겅퀴
끈질긴 근성(根性)으로

뱀딸기
뻘겋게 태운
햇살 한줌 깔고 있다.

때를 만난 고기처럼 물을 짚고 퍼득이듯
긴 몸을 벌레처럼 꿈틀대는 강아지풀

동심(童心)의
아름다운 세상,

손금 타고 오른다.

미움의 끝

미움도
한 십 년쯤
묵혔다
추스르면

움집 속
무청 같은
사랑으로 피어날까

새날 빛
목청을 뽑는

수탉 같은
저 여인

복(伏)날

바람도 긴 꼬리를 늘어뜨린
여름 한낮
아이들의 목소리만 콩깍지로 튀고 있다.
이런 날
물밑까지 헤엄치는
미루나무 그리나니―.

임자도

질척이는 갯벌의
소금기를 털고 있다

끈적인 점액질의 예감으로 일어서는

거세(去勢)된
꽃게의 울음

옆 걸음을 치고 있다.

동상이 든 바람의 까치발을 보고 있다
무명천 하얀 길을
맨발로 밤새 걷던,
먼바다
등대 불빛은
수평선에 떠밀리고…….

명사십리 실모래가 황사처럼 날고 있다.

어둠의 깊이만큼
두려움을 잠재우면

등뼈가
부러진 수초(水草),
고개를 들고 있다.

제2부 어떤 중독

구계등

소금 절인 허연 물을 밤새껏 토해내는
턱 빠진 남도의 끝 구계등을 가 보아라.
벙어리
한(恨)
가슴에 묻듯
네 원성도 거기 있다.

젖은 가슴 맞부비는 돌들의 통곡 속에
수장(水葬)된 어부들이 미역귀로 돋고 있다.

또 다른
인간의 추락(墜落),
예언하고 있나니.

밑 빠진 나룻배 발이 묶여 누운 자리
갈증의 깊이만큼 삶은 더욱 소중한데
먼바다 태풍주의보,
바람집만 짓고 있다.

어떤 중독

공중으로 투신하는 방울들의
반란(反亂)이다.

투명한
유리잔 속 갇혀야 드는
함성

모질게
이어진 인연(因緣),

앞니 두 개 썩고 있다.

분노 같은 것을 갈앉히면
저렇게 어둠 되나

따뜻한
피를 녹인
알콜 같은 끌림 속에

추락한
인간의 입맛,
뉘우침만 살아난다.

아파트

옆집 노인 기침에도 술잔처럼 흔들렸다.
문명의 이기 속 병든 도시 꼭지점에서
이제는 퇴화(退化)해 버린 감각을 깨운다.

눈은 언제나 멀미를 알고 있다.
낮은 곳에서
높은 곳으로
자리를 옮기는
우기의
무너짐을 새앙쥐처럼
예감(豫感)하는 것일까.

공중에 떠서 사는 발바닥은 젖어 있다.
무등산 흙빛으로 애써 밟아 보지만
자꾸만 기우는 세상,
온몸에 힘이 든다.

기자

신속, 정확……
감전(感電)되어
산을 지고
산을 넘어

물살 타는 은어(銀魚)처럼
발금도 지워져
뛴,

방송의
꽃
앵커의 시다,

입을 통해 눈을 뜬다.

연(鳶)을 날리다

토종 수탉 홰를 치는
새해
첫날
아침

도심 속
아파트 옥상(屋上) 위에서
아들놈과 연을 날리다

태극선
선명한 무늬,

사직(社稷)을 걱정하다.

빛 좋은
개살구로 추락한
세상 인심
쏟아진 햇살 속에

다시 또한 부활(復活)할까

너와 나
팽팽한 연줄
끊어질까 두려워.

고로쇠나무

−수액 채취에 부쳐

거역 못할 세월 속에 이내 발등 다 젖는다
절망도 분지르면 거기 또 불이 일어,
익혀 온 뜨거운 숨결
설산(雪山) 하나 녹고 있다.

목 늘인 삼신산(三神山)의 갈증의 끝을 당겨,
물소리 퍼 올리는 나무들의 긴 노동(勞動)
굳어진 겨울의 등뼈,
수초(水草)처럼 뜨고 있다.

사는 일이 부질없어 갈망한 사람들이
날 저문 이승 길에 밝히는 공복(空腹)이여
가슴속
깊어진 울음
미친 속을 찢고 있다.

운암동 시편 · 1

소다처럼 부풀다가
제풀에 그냥 쓰러진

운암동
반짝 시장 끄트머리
병목에서

또렷한
두 눈이
풀려 버린
붕어들이 누워 있다.

강물이
역류(逆流)하여 덧나 버린
삶의 가닥

물밑까지 뒤흔들던
잊어버린 헤엄법에

저자 길
뭇사람들만
붕어처럼 퍼득인다.

운암동 시편 · 2

얼굴 없는 차량들이 용(龍)이 되어
불을 켜는

운암동 병목,
그 곳에 육교 하나 솟았다.

부러진
발, 발목들을
천상(天上)으로 나르는……

목잘린 버드나무 따라가는
신작로에
목숨을 저당하는
기사는 장물아비

신호등
빗겨 가는 군상(群像),
그 속에 내가 있다.

노을 편·1
―노인정에서

사람들이 그리운
먼 훗날
내 모습은

어쩌다 찾아오는
사람들을 부여잡고

가슴속
묻은 말까지
실꾸리로 풀었다.

빛 바랜 사진 한 장
거울 보듯 보고 있다.

다짐처럼 끊지 못한 핏줄의 당김이여.

해질 녘
서산 너머로

혼불 하나 날고 있다.

한기마저 뚝뚝 듣는
어둑한
방 한 켠에서

죽지 못해 살아가는
내 영혼(靈魂)도 보고 있다.

누구나
되돌아 갈 길,

젖어 우는
달빛이여.

노을 편 · 2

—어머니

눈에 넣어도 아프잖던 자식들이 떠난 후에
가슴속 젓대 하나 들어앉아 입을 열어,
바람도 그 안에 들면 눈물 되어 흐르나니
죽어서야 고향 찾는 자식들의 무심함에
반쯤 내린 산그늘 속 눈물 한줌 묻어 두고
두엄산 흩어져 누운 밭이랑만 타고 있다.

발목 잡고 떨어내면 흉 없는 자(者) 어디 있나
쏟아진 삿대질도 팔자인 양 접어 두고
산발치 보리밭에서 바위 되어 앉아 있다.

노을 편·3

뱃놈은 죽어서야
비로소
하늘 문을
연다.

응고되지 못한
피, 한 방울이 추락하여

해질 녘
불씨가 되어
잉걸불로 타고 있다.

노을의 더운피만
어둠은 먹고산다.
길 위에서
길을 잃고
넋을 놓은
사공이여.

반쪽달
멍텅구리 배,

밤바다에 뜨고 있다.

방울토마토

햇빛도 지쳐 누운
오후 2시
경매장에서

앙증맞은 방울토마토를
한 입 물었다.

식도를
타고 내린 놈이
"으악!"
비명을 질렀다.

현해탄을 건너온 놈이
뱃속에서
멀미를 했다.

'그래 우리의 몸에는
우리 것이 제일이여.'

명치 끝
찌르는 비수(匕首),

연신 방울 소리가 났다.

낚시광(狂)

푸르름의 가득함을 안으로만 채워 두고
뿌리 들린 물풀들이 몸을 누인
늦가을 날

수면의
잔잔한 끌림,

눈은 벌써 미쳐 있다.

산들이
수런수런
눈을 뜨는
새벽녘에

싱싱한 붕어들만
수십 수 낚아 올린,

김형(兄)은

아침 한 끼쯤
건너뛰자 능청이다.

낚시 끝에 물려오는 실실한 고기들이
진구렁에 몸을 담근 연(蓮)꽃처럼 뜨고 있다.

검은 손
떡밥에 끌려
몸을 파는 꽃녀들.

하구언에 와서

개펄 위 꽃게들이 등을 말린
오후쯤에

홀치마 끝을 들어
꽃신 코를 닦고 나서

바람은
잘 익은 과부(寡婦)처럼
정을 팔고 누워 있다.

반목으로 살다가도 돌아서는
인생이듯
아지랑이 비틀비틀 걷고 있는
하구언 둑

세상사
하 많은 아픔,

다독이는 손이여.

물먹으면
다시 피는
문양석(文樣石) 춘란처럼

허공 중에 몸을 세워
반쪽 삶을 분칠해도

자꾸만
기우는 세상,

사는 일이 부끄럽다.

다시 어산리에 와서

썩지 않은 발목들이
밤이 되면 일어선다.

부러진 삽 자루가 야광(夜光)처럼
불을 켜는

어산리(語山里)
묵은 들머리,

사는 일이 민망하다.

다리 힘없는
아지랑이 비틀비틀 걷고 있다.
방천 둑 말목들이
틀니처럼 박힌
논 길

푸성귀

산발한 머리,
불을 놓아 태운다.

먼저 가네,
뒤에 오게
노인들만 씨로 남아

땅의 믿음 오기
하나
그것처럼 달고 지킨

질펀히
누운 저 들판,

네 몸임을 잊고 있다.

가뭄

텅 빈 들판에 눈물 몇 점 뜨고 있다.
강아지풀 목 길이로 자라나는 아픔이여.
중국 땅 이동성(移動性) 고기압은
황사(黃紗)만 몰고 왔다.

떨어진 꽃잎처럼 갈증으로 목이 탔다.
햇살도 그물처럼 일렁이는 한나절에
몇 소절 노래 말만이 젓대 속에 잠이 들고.

시원하게 뚫린 방조제엔 파도만 넘실댔다.
삼십포 간척지엔 소금꽃이 흐드러지고
겨우내 청(靑)거북이만 부화되고 있었다.

저승꽃 피다

꿈도 의욕도 식은 손등 위에
끝동 같은 흑단(黑檀)의 빛
저승꽃 두어 송이

짧고도
기인 긴 생의
아픔의 끝을 본다.

어둠을 밀고 드는
꽃상여를 보고 있다.

이런 밤
나의 몸엔
또 다른 바람이 일어,

산처럼
세워진 애증(愛憎)
길을 하나 놓고 있다.

제3부 마음이 이끄는 길

마음이 이끄는 길

산문 밖 실안개가 배를 깔고 기고 있다.

비운 마음 깊이만큼
가부좌(跏趺坐)를 틀고 앉던

회색 빛
쇠북 소리에
풀잎도 젖고 있다

마음이 이끄는 길,
길을 따라 가고 있다.

반쯤 내린 산빛으로 젖어 있는
절 한 채

헐벗은
영혼의 귀의(歸依),

약속들만 묻고 있다.

동지 섣달 고뿔 같은
열병을 잠재운다.

언제나
내 몸 속에 들어와
자리잡던

큰 스님
염불(念佛) 소리에
달빛도 뜨고 있다.

목어

탈모증(脫毛症)에
시달리던
중봉(中峰)*을
넘으면서

꼬리 접는
바람 끝에
풍경(風磬) 소리를
듣고 있다

약사암
처마 끝에서
퍼득이는
목어(木魚)
한 쌍.

* 무등산 산봉우리의 하나

운주사

누워 있는 천불석상(千佛石像) 안개 속에 눈을 뜬다.
갈망으로 풀어지는 빈 골의 난향이여.
동백 숲 쑥국이 울음,
북새처럼 타고 있다.

주름 쌓인 세월 속에 지친 몸을 누일 적
반쯤 쉰 억새 울음 춘란(春蘭)들이 수런댄다.
죽어서 다시 살아나는
뜨거운 설법(說法)이여.

이승의 잡소리에 귀만 커진 석불이여.
열반(涅槃)이 보이는 길 아프고 아린 세상
내 꿈도 새벽 여명(黎明)엔 물비늘로 반짝인다.

노자(老子)의 물

비바람
예감한 나무
굽은 몸을 뒤튼다

토담 밑 개미들도
진(陣)을 옮긴 저물녘에

촉촉이
젖은 아궁이,

불길 길이 어둡다.

저물도록 내리는 비
황룡(黃龍)처럼 꼬릴 틀어,

물주머니 틀어 놓은
공한지(空閑地) 수렁에서

어둠을
풀어 마시던
장승 하나 떨고 있다.

바울의 꿈

1
사도행전 열리는 길 눈만 홀로 절로 간다.
핍박의 익숙함에 전생처럼 열린 악연(惡緣)
두 눈을 가린 비늘에
바울이 또 울고 있다.

목 늘인 하늘 안 쪽
소망 하나 보이는데

지혜로도 닿을 수 없는
무지의 사유(思惟) 속에

눈물샘
내린 두레박,

강을 하나 낳고 있다.

2
세속의 병든 도시 저주 또한 자물댄다.

길 위에서 길을 잃은
또 하나의 바울이여.

절망은 타는 목마름,
기진한 바람처럼―.

믿음의 상실(喪失) 앞에도
참은 늘 당당하다.
십자가 위 머문 말씀 풀어지는

지상에서
부대낀 삶의 무게만큼
부활의 꿈을 꾼다.

말씀·1

꽃뱀의 교사(巧詐) 앞에 진실
또한 비어 있다.
핏자국에 얼룩진 메마른 세상
한 쪽

수시로
얼굴을 바꾼
사람들을 보고 있다.

길은 분명 길인데
구절양장(九折羊腸) 길이어라.

맷돌처럼 돌다 돌다 되돌리는
발길이여.

먼 산 밑
까치집 같은
교회 한 채 앉아 있다.

무너져 본 사람들이
부나비처럼 모여든 곳

높다란 첨탑에서 풀어 내린 말씀이여.

내 안에
그리움 하나,

산처럼 크고 있다.

말씀 · 2

갇힘은 벗어남을 위해
늘 존재(存在)하는 법

피륙마저 발겨 먹던 로마는 건재해도

뽕나무 밭 누에 같은
습성 하나 익혀라.

자신을 감금하는 도장 속 이름처럼
길은 항상 로마로만 열린 줄 아는 자여.
갈증의 끝을 당기면
거기 또 길이 있다.

토색질에 눈총 맞고 토순(兎脣) 되어
피 흘리는
삭개오야, 오늘밤은 네 집에서 유하리라.
밀물져 내리는 말씀,
천지간(天地間)을 적시느니

끊어진 길바닥이 빛을 불러 길을 낸다.

산(山)만한 욕심을 진
세리장 삭개오야

속죄의
부스럼 딱지,

허물 한 겹 벗어 보라.

말씀·3

길 눈 멀어
내리는
비
천지간에 길을 놓네.

살아 있는
음성으로
쏟아지는
말씀이여.

애굽 땅
흰 등불 하나
어둠 속에 켜고 있다.

말씀 · 4

불혹(不惑)을 묻어둬도 다시 또 먹을 나이
뽕나무밭 바다 되듯 세월 또한 흘러, 흘러
가슴속 들어앉은 산 허물 수가 없는데…….
굼벵이가 매미 되듯 다시 살라 한다.
덤터기 씌운 누명 소금 부벼 삭이고
경포대 떠오르는 해 출렁이는 바다로…….

흥정 속에 살아가는
저자 길 노을 속에

디딜방아 찧고 까분
세 치 혀를 묻어 두고

새남터
양지 바른 곳,

풀꽃처럼 살라 한다.

눈 있어도 보지 말고 귀 있어도 듣지 말라.
청대처럼 꼿꼿한 몸 반달처럼 구부리고
세상 길 거룻배 되어 발이 되어 살라 한다.

교단 일기 · 1

잡무에 찌든 인생 파김치가 무색하다.

하루의 짧고도 긴 강을 별 보고 건너기가
칠팔월에 방문하는 손님보다 무섭다던
동료 교사의 뼈에 박힌 푸념을 뽑으면서

잘 여문 옥동자(玉童子) 하나, 건지러 가고 있다.

교단 일기 · 2

다소곳한 새색시가 고추 하나 뽑아내면
치마 속에 감추어 둔 발톱을 곧추 세우고
그렇게 장·감(長·監)이 되면
본성(本性)이 드러나데

안전(顔前)에서 말 못하고 돌아서서 속을 뜨는
참으로 별난 세상, 입만 커진 험담(險談)이여.
이런 날, 죄 없는 아이들만 복(伏)날의 개(犬)가 된다.

교단 일기·3

아메리카를 증오(憎惡)하며 본토 발음 듣고 있다.
맥도널드 햄버거에 맛 들인 아이들은
오똑한 콧날 짱구형 머리 국적을 잃고 있다.

외국인들만 보아도 지레 주눅이 든
이 땅의 딸들이여
백의의 민족이여
아무리
입맛은 변해도
혓바닥은 굳어 있다.

희망에 관하여

늘 대하는 얼굴을 보면서
내일을 점(占) 친다.

큰 저자, 닭전머리
앙동에 가지 않아도

아직은
파릇한 새싹,

봄볕이 따숩다.

영산강 강바닥에
배를 까는 쌀붕어처럼

혹(惑)자는 내일을 흐림이라 말하지만

사실은
자신의 눈이

병듦을 모르고 있다.

볼 부벼 사는 나날
한 발 물러 돌아보면

내 영혼이 눈망울 속에
다리 하나 놓고 있다.

천직 길
20년 세월,

꿈은 늘 타고 있다.

허무가

사릿날 썰물처럼 떠밀리는
기억 속에
젖어 내린 가슴 안 쪽 역류(逆流)하는
밀물이여.

비껴 선
그리움 하나,
거룻배로 밀리느니.

나이가 들어 갈수록 애증(愛憎)
또한 느는 것

못 다한
제자 사랑
실타래로 풀다 보면

미움은
꽃이 되었다,

씨방까지 드러내는.

등 푸른
그리움이 목 늘이는
저녁 한 때

반복해서 돌려본다,
재생(再生)된 생각들을.

제자들
머물다 간 자리,
들녘처럼 비어 있다.

눈총

새벽 어둠을 가르며 교문을 들어 선 아이들

생각하는 사람이 되어 로댕처럼 졸고 있다.
자꾸만 꿈길로 끌고 드는 꼭두새벽
공자(孔子)도 만나 보고, 탱자도 만나 보고

오뉴월
신록처럼 푸른 꿈을
베폭처럼 깔고 있다.

이놈, 하고 소리 한 번 내리칠 수 없는
훈장(訓長) 끗발
남의 자식 보듯 지나치는 무관심에
수없이 눈총을 쏘아 대지만

오늘은
내 가슴에 맞아
붉은 피만 흘리고 있다.

제4부
누구나 사람들은 탈을 하나 쓰고 산다

희망가

우상인 듯
신의(信義)
하나
피었다
다시 접는

정치판
희한한 놀음
봄은
아직 멀었다.

그래도
장밋빛 꿈을 꾸며
우리는 살고 있다.

별들이 떨어진 밤

굴러간 앞의 공은 굴러가게 놓아두자.
4공, 5공, 6공에다 어디론지 튈지 모른
럭비공, 7공 속에도
자라목은 크고 있다.

죽어야 빛이 되는 보름날 월식(月蝕) 같은
시한부(時限附) 인간들이 피가 돌아 목늘이다
왕낙지 먹통 터지는 물바다를 보고 있다.

죄는 늘 선을 위해 청죽(靑竹)처럼 자라는가
숨죽이고 움추리다 별들이 떨어지는 밤
03의 손바닥 안에 토끼 한 마리 뛰고 있다.

범털동 풍경

경기도 의왕시 포일동 산 18의 1번지
부채살로 펼쳐진 사동(舍棟) 곁
6평 공간
세상이
바뀔 때마다
범털*들이 바뀌고 있다.

유전 무죄, 무전 유전 통용어(通用語)도 사라졌다.
이름만 대면 알만한
안가, 박가, 이가, 김가
나 홀로
하루 20시간,
봄은 아직 멀었다.

세로 20cm, 가로cm 개구멍 밖
세상처럼, 오만 그림
거꾸로 빙빙 도는 슬로머신
황태자(皇太子)

수감 7개월
할 말은 남아 있다.

대낮에도 별들이 떨어져 빛을 내는
범털동 별들의 고향
교정 행정 1번지
사정의 매서운 칼바람
열 길 담을 넘고 있다.

* 범털 : 거물급 인사

누구나 사람들은 탈을 하나 쓰고 산다

누구나 사람들은 탈을 하나 쓰고 산다.
각시탈이든, 양반탈이든, 그것이 상놈탈이든……
절정의 위장술 속에 자신을 묻고 산다.

하찮은 부품들도 서로 모여
우주를 연다.

스스로를감금하는인장
속이름처럼살아가는깊
이만큼아래로몸을낮춘
그런자하나없고해와달
로높이떠서뒤틀린폐품
으로세상가득넘치느니―

썰물이
된 인간사의
욕망(慾望)의 탈을 본다.

풍자

1
요즈음 붕어빵에도 하나에 2백억원
붕어빵엔 금붕어
한 마리 없는데도
눈 뜨면 터지는 소리
억,
억장이 무너집니다.

2
도둑이 들자,
여인은 소리를 질렀습니다.

도둑 왈,
"네 요년 되질래
주둥아리 닥쳐"

도둑이 주인된 세상
개꼬리로 끌립니다.

현대인

진실을 우려내는
곰국 같은 삶은 없다.

기계 속
나사가 되어 버린
사람들만

뒤틀린,
세상 가득히
홍수처럼 넘친다.

담시

옛날, 옛날, 그 옛날에
호랑이가 담뱃대를 서너 개 포개 필 적,
양(羊)의 탈을 뒤집어 쓴 모서방이 있었습니다.
동화책 늑대 소년처럼 거짓말을 아주 잘한…….

어느 날 하나님의 쪽 부랄 반쪽을 만져,
법 없이도 사는 본처 똥발로 차버리고
곰순이, 단군(檀君) 신화처럼 예배당 장로로 변했습니다.

똥파리 습성(習性)대로 꽁지 높이 치켜들고
뒷다리 부벼부벼 훈장 되어 우뚝 서더니
주일내 죄만 짓고는 하나님께 빌었습니다.
내 것도 네 것인 양 쳐 먹은 걸구 귀신
하나님 빽을 믿고서 그런 행동만 했습니다.

지금도
이런 이야기는
세상에 널려 있습니다.

응급실 유감·1

죽음을 사고 파는
의술(醫術) 아닌 인술(人術) 앞에

반목으로 길들여진
숨가쁜 인생 역정

동그랑
땡
급행 요금은
굴렁쇠로 굴렸다.

이·저승을 가로지른 혼불들이 날고 잇다.
저자 길 북새통에 타다 남은 노을처럼
환자들 피칠한 신음
귓구멍을 막았다.

문득,
극락강가 폐차장(廢車場)을 생각했다.

산을 이룬 고철더미
하늘 보고 누워 있듯

멀건 눈
치켜 뜬 육신,

밤은 아주 깊었다.

응급실 유감 · 2

― 오진(誤診)

한적한 오지 중학교 관사(官舍)에 쓰러져

죽은 자도 살린다는
종합병원(綜合病院)을 찾았는데

20대
홍안(紅顔)의 의사,

과로라 일렀다.

파리하다 못해
아예 오이꽃으로 변해 버린
형은 노상 뱃속에서
피가 샌다 되뇌어도

또 다른
30대 의사,

빈혈(貧血)이라 우겼다.

문득, 김광섭 시인의
시 한 편을 생각했다.

신장염(腎臟炎) 수술 끝에
아내를 떠나 보낸

그때 그
한스러움을
조금은 알 것 같다.

마당발 시인들

시를 쓰지 못한 시인은 폐차(廢車) 직전 포니2다
덜, 덜거리며 도심을 가로지른 매연 똥차
그래도 유희본능설(遊戲本能說)엔
통달한 달인(達人)이다.

낯짝이 두꺼워야
세상 살기
수월한 법
마당발 시인들은 끼리끼리 판을 열어,
선거철 철새 정치인처럼
명함만 팔고 있다.

이홉 들이 소주 속에 진주들이 녹고 있다.

껍데기만 춤을 추는
이상한 동화(童話)의 나라

산발치

비탈길에서
살아감이 민망하다.

오던 길 돌아보라
너의 영혼 비 맞는다,

이 세상 어느 곳도
누울 땅 하나 없는.

청산(靑山)도
돌아앉아서
미친 속을 내보인다.

평자(評者)의 칼

살점 하나 없는 육신
도마 위에 올려놓고

이리저리 찢어발긴
백정(白丁)처럼 사는
너는,

산[生]낙지
제 발을 뜯듯
문적(文敵) 하나 낳고 있다.

서릿발 뚝뚝 듣는 칼보다
무서운 힘
실성한 낱말 몇 개
이장(移葬)하고 돌아오면

명치 끝
독 묻은 활촉들이

우박처럼 박힌다.

방목(放牧)한 꿈 한 묶음
갈채 속에 눈을 떠도

정령처럼 뜨는 얼굴
지레 놀라 겁을 먹은

시인은
떠밀리는 나룻배,
강물에 아주 멀리…….

탈춤고(考)

녹슨 식칼 때를 벗긴 망나니의 탈춤 속에
재갈 물린 주둥이들 오금 들어 떨던 세월

용(龍)머리
틀 듯 뒤틀어 놓은
한 역사를 보았거니…….

똥짐 같은 굴욕 속에 도륙 당한 살점들을
생똥 싸듯 의뭉이는 철판 깐 역적(逆賊)들아.
죽었다 환생(還生)한 목숨 세 치 혀를 잘라 보라.
똥개처럼 꼬리치며 컹컹 짖던 등신들아
사발통문 중상모략 발목 시린 시궁창에
온 몸을 통째로 담가 또 얼쑤, 얼쑤 춤춰 보라.
모지리, 머슴 산적, 꼿꼿이, 딴또, 살살이
깨진 탈 바꿔 쓰라, 고해성사(告解聖事) 머흔 길에
개가죽 낯짝을 찢어 사통팔달(四通八達)에 걸으리라.

붓끝의 무서움을 농락(籠絡)한

너의 피는
죽어야 없어지는
가슴팍의 문신(文身)이다.

제 몸을
감금(監禁)하는 누에처럼
허물 한 겹 벗어 보라.

정형외과

나무토막 같은 허리를 붙들고 병원 문을 들어섰다.

흰 창이, 두 눈에 유난히 많은 간호원이 봉이 왔다 반기
고 있었다
찰과상(擦過傷) 부위에 꼬리표를 붙였다.

성명 : 이한성
성별 : ♂
나이 : 48

물 건너 들여온 카메라로
연신 돈을 찍고 있었다.

해설 천균(天均)을 향한 의지

정 우 택
대원과학대 교수

1

　전근대적 시가 양식이었던 시조가 현대에도 지속적으로 서정을 창조할 수 있는가? 더군다나 자유시가 현대 사회의 온갖 욕망을 포섭·창조하며 근대적 상상력의 폭을 무한히 확장하고 있는 문학적 환경 속에서 시조가 자유시에 포섭되지 않고 당당히 독자적인 정체성을 주장할 수 있는 미학적 근거는 무엇인가?

　무엇보다도 시조는 3장 6구의 정형률을 형식적 조건으로 한다. 3장 6구의 정형적 형식은 분출하는 욕망이나 집착을 다스리는 자기성찰적 형식이다. 정형적 형식은 구속이나 제약이 아니라, 자기 내면의 긴장을 늦추지 않는 치열한 단련을 통해, 정제된 자유에 도달하려는 득의(得意)의 형식이어야 한다. 천균(天均)의 형식, 즉 지극한 균형으로 인간과 사회와 우주의 조화를 이룩한 경지가 시조의 미학이며, 쓸모없이 난삽하거나 지나친 기교로 치장하지 않은, 명료하고도 정대(正大)한 리듬을 구현하는 양식이 시조의 본령인 것이다. 인간으로서의 자긍심과 자부를 잃지 않고 정형적 리듬으로 인간과 사회, 우주의 균형을 창조하려는 양식, 이 원대한 이념형이 시조라고 말할 수 있다. 또한 이것이 현대시조가 나가야 할 양식적 근거이다.

그러나 현대는 인간으로서의 자부를 흔들고 시조의 정체성을 위협한다. 순전하고 완결된, 그리하여 거룩했던 고시조의 미학도 온갖 잡스러운 색깔과 소음, 속도로 가득 찬 현대의 위력과 거스를 수 없는 흐름에 섞일 수밖에 없게 되었으며, 이러한 시조의 실존적 처지를 회피할 수 없게 되었다. 만약 현대시조가 현대의 실존적 처지를 회피하고 고시조적 순정함에만 탐닉한다면 복고주의의 추상(抽象)에 갇히는 형국이 될 것이며 '현대'시조로서의 위상을 상실할 수밖에 없을 것이다.

시조 명칭의 연원이 된 "시조역시절가(時調亦時節歌)"(이학규)란 규정은, 시조가 전문음악가의 전문예술 양식이기에 앞서 시대 현실과 호흡을 함께 하는 대중적 양식이라는 뜻을 밝힌 것이리라. 즉 시조는 시인이 처한 시대 현실과 세상 모습 그리고 자신의 처지 등 현실의 다층적 층위에 생생하게 접속하고 시절(時節)의 흐름을 자기의 정형적 리듬으로 갈무리함으로써, 거기서 얻어지는 진정한 득의의 기상과 마음이 거처할 현실적 사변적 이념에 대한 그리움까지를 담아내는 양식이어야 한다는 의미가 있다.

현대시조는 이 이중의 모순을 감당해야 한다. 멀미나는 근대의 한복판에 투신하여 스스로가 흔들리면서 그 모순·충돌의 힘을, 천균(天均)을 향한 근대 극복의 미학적 에너지로 전환하려는 시적 자세가 요구된다 하겠다. 인간 모멸의 시대에 인간을 긍정하고, 인간으로서의 자부와 득의를 바탕으로 인간과 사회, 그리고 자연의 예(禮) 또는 예(藝)를 창조하는 것, 그것이 현대시조가 감당해야 할 몫이다. 이에 더하여 3장 6구라는 정형적 리듬으로 잡식성의 현대를 포착하고 드높은 자유를 창조해야 하는, 어찌 보면 자기 모순의 천형을 짊어진 것이다.

2

현대는 균형을 끊임없이 위협하며 변화와 진보를 추동한다. 그런 까닭에 이한성의 시가 자리하고 있는 시적 세계의 풍경도 흔들리고 무너져내린다. "일획으로 꿈틀거린 산맥들이 무너졌다"(「풍경·1」). "허물어진 소리,/ 물밑까지 뒤흔드는"(「풍경·2」) 세계는 "저 하늘/ 흉흉한 징조(徵兆)"로 표상되며, 영혼도 이에 맞서 세계를 흔든다("통째로/ 흔드는 영혼" 「겨울이야기」).

추자 멸젓 옹기처럼 썩어나간 기인 장마

빗물이 그려 놓은 벽면 지도, 그 언저리
남해의 쪽빛 물결만 쑥물처럼 출렁인다.

일렁이는 숲 한 짝이 거룻배로 떠 흐르고
사방을 짜고 있던 길들의 무너짐에
떠받친 하늘 한 자락 발목에 잠긴다

—「장마·2」 전문

　　하늘과 땅과 바다가 서로 뒤집혀 출렁이는 분열의 언저
리에서 시적 자아는 실존의 발목까지 잠겨오는 어지럼증
을 느낀다. '출렁이며' '일렁이는' 세상, 그것은 현대 세계
의 본질이다. 그 복잡한 리듬은 세계와 자아를 쉼없이 흔
들어대고, 그 끝은 보이지 않는다. 물결은 시적 자아가 거
리를 두고 균형을 잡아보려는 안간힘, 시적 자아의 시점
(point of view)까지 흔들어대고 방 한 가운데까지 몰려들어
와 '출렁인다.' 길도 무너지고, '떠받쳐' 허물어진 하늘 한
자락을 지탱하고 있는 발은 옴짝달싹할 수 없이 붙잡혀
있다. 그러나 '무너져내린 길과 하늘'에 아연 질겁하면서
도 발목을 빼려 하지 않고 버티는 의지는 현대를 대상으
로 시를 쓰게 하는 시인의 동력이며, 인간으로서의 자존심
이다. 이 시는 비겁이나 오만에 틈을 내주지 않고, 다만
'하늘 한 자락', 천균(天均)을 지탱하려는 자의 은밀한 자
긍심이 깃들어 있다. '발목에 잠긴다'고 담담하게 술회하

120

며 기꺼이 감당하는 자의 목소리가 감동스럽고 엄숙하다. 절망과 고난 속으로 투신하여 인간으로서의 자긍심을 드높이려는 시적 태도는 고시조에서 물려받은 현대시조의 소중한 미학적 자산이다.

    질척이는 갯벌의
    소금기를 털고 있다

    끈적인 점액질의 예감으로 일어서는

    거세(去勢)된
    꽃게의 울음
    옆 걸음을 치고 있다.

    동상이 든 바람의 까치발을 보고 있다
    무명천 하얀 길을
    맨발로 밤새 걷던,
    먼바다
    등대 불빛은
    수평선에 떠밀리고…….

    명사십리 실모래가 황사처럼 날고 있다.
    어둠의 깊이만큼

두려움을 잠재우면

등뼈가 부러진 수초(水草),

고개를 들고 있다.

―「임자도」 전문

이 시는 풍경을 담담하게 포착한 서경시로만 읽히지 않는다. 시인이 인식하는 세계는 무엇인가 삐뚤어지고 뒤틀려 있다. 울음 우는 것까지 '거세된 꽃게'의 절망, 바람은 동상이 들어 까치발로 걸어야 하고, 수초는 등뼈가 부러졌다. 금빛 모래여야 할 명사십리 모래가 황사처럼 난다. 겨울, 매서운 칼바람 부는 어두운 밤바다 한 가운데서 '떠밀리고' '부러지'면서도 자기 존재의 좌표를 잊지 않고 새벽을 맞이한 자부가 숭고하다. 근대 세계에서 인간의 자존심과 인간됨의 자부심은 찬란한 선언이나 거침없는 자유의 구가가 아니라 '안간힘'에 불과한 경우가 대부분이고, 그것이 더 현실적 진정성을 갖는다.

이 시의 또 다른 덕목은 시적 자아의 관념이나 타자의 이념을 배제하고 풍경이 스스로 말하게 하는 방식으로 그 득의를 성취한다는 데 있다. 즉 질곡의 세계 속에서 뒤틀리면서도 스스로 움직이는 자동사(自動詞)의 힘에 대한 통찰이 이 시의 정곡이다. '떠밀리고' '부러지고' 얼어터지고, 두려움에 떨면서도 소멸하지 않고 '질척이고' '끈적이고' '옆걸음치고' '고개들며' '일어서는' 자동사들의 힘, 그 안간힘이야말로 뒤틀린 세상을 지탱하는 힘이라는 통찰이 이 시의 본령이다. 자동사는 주체의 진정한 자유와 독립을 구현한다. 어떤 대상을 강제하거나 수단화하거나 소유하지 않는다. 자동사는 대상에 얽매이지도 않는다. 이 시에서 자동사는 자유이며 자연이다.

그러나 체계화된 폭력과 구조적 질곡의 현대 세계에 맞서는 자동사들은 무력하기 그지없다. 더군다나 이 시에서 '일어나는'의 주어는 '끈적인 점액질의 예감'으로서 아직은 형체도 제대로 갖추지 못하고 있다. 겨우 '고개드는' 것은 '등뼈가 부러진 수초'에 불과하다. 그럼에도 불구하고 이 시는 그 연약한 자동사들의 힘, '끈적거리는 예감'이나 '등뼈 부러진 수초'들의 안간힘에 희망이 있다고 믿는다. 새벽은 헐벗은 '맨발로 밤새 걸어서' 온다. 이런 사정이 서정시의 운명인지도 모른다.

3

이한성 시세계의 본질은 추락하는 현실을 감당하며, 인간으로서의 자부를 세워보려는 균형에의 의지라고 요약할 수 있겠다.

소금 절인 허연 물을 밤새껏 토해내는
턱 빠진 남도의 끝 구계등을 가 보아라.
벙어리

한(恨)
가슴에 묻듯
네 원성도 거기 있다.

젖은 가슴 맞부비는 돌들의 통곡 속에
수장(水葬)된 어부들이 미역귀로 돋고 있다.

또 다른
인간의 추락(墜落),
예언하고 있나니.

밑 빠진 나룻배 발이 묶여 누운 자리
갈증의 깊이만큼 삶은 더욱 소중한데
먼바다 태풍주의보,
바람집만 짓고 있다.

―「구계등」 전문

세상은 '인간의 추락'을 강요하고, '수장'당한 인간은 '한'을 쌓는다. 소금에 절여지고 기울고 찌그러진 삶의 원한을 짊어지고 '구계등'으로 가는 길은 '통곡'의 길인 동시에 재생의 생생력(生生力)을 확인하는 길, 즉 인간으로서의 자기 자리를 고통스럽게 자각하는 여정이다. '수장'이 '통곡'으로만 그치는 것이 아니라 '미역귀로 돋고', 수장처럼 깊고 깊은 추락 속에서도 솟아오르려는 '삶의 의지'를 소중하게 간직한다. "밑 빠진 나룻배 발이 묶여 누운 자리"에서 '삶'과 인간의 자리로 건너가려는 의지는 빛나지만, 근대의 바다에는 여전히 '태풍주의보'가 발해 있다는 비극적 세계인식이 이 시의 진정성을 담보한다.

이렇듯 이한성은 추락하는 근대의 중력과 혼란에 가위눌리지 않고 인간의 길을 찾아 비약하려는 간절함으로 시를 쓴다. 그는 근대의 도시적 삶 속에서 일상인의 남루한 추락을 예리하게 포착하면서도 그것을 감상(感傷)이나 연민으로 해소하지 않고, 그 속에서 상승의 길을 찾고 있다.

시 「아파트」에서는 높이 오르려는 인간의 덧없는 욕망이 결국엔 인간성의 추락("자꾸만 기우는 세상/ 온몸에 힘이 든다")으로 결단나는 상황을 갈파하고 있다. '아파트'는 "문명의 이기 속 병든 도시 꼭지점"으로 인간의 '퇴화'를 부추기는 것임에도 불구하고 인간은 편리와 안락을 좇아 멀미가 나면서도 그 '아파트'를 떠나지 못한다. 인간의 감각도 쾌락을 좇아 퇴화하고 쓸쓸한 회한만 남긴다("추락한/ 인간의 입맛/ 뉘우침만 살아난다" 「어떤 중독」). 「운암동 시편·1」은 현대인을 "소다처럼 부풀다가/ 제풀에 그냥 쓰러진" 붕어빵에 비유하여, '역류(逆流)'하는 강물의 밑바닥을 뒤흔들며 헤엄치던 그 찬란한 기억을 되살려내려 안간힘을 쓰지만, '퍼득이'는 현대인의 몸짓을 통해 근대가 인간의 몸에 박혀 있는 형상을 쓸쓸하게 확인하는 것으로 귀결된다.

「노을」 연작시는 스러지고 추락하는 것에 대한 연민이 연민으로만 그치는 것이 아니라, 그 스러짐이 발하는 불빛과 상승에의 열정을 되살리려는 소중한 맥락을 창조하고 있다. '노을'을 황혼기의 노인 문제와 연관시키기도 한다. 육체적 쇠퇴와 침체를 정신과 영혼의 형형(熒熒)한 되살아남으로 부활시켜 삶과 죽음을 하나의 맥락으로 승화하는 "누구나/ 되돌아 갈 길,// 젖어 우는/ 달빛이여"(「노을 편·1」)는 비장한 인간 긍정의 시편이다. '노을'이 비로소 하늘 문을 연다는 대목이나, "어둠을 밀고 드는/ 꽃상여를 보고 있다"가 삶의 '애증(愛憎)'을 통해 '길' 하나를 찾게 된다(「저승꽃 피다」)는 통찰은 이 시인의 영혼의 깊이를 가늠할 수 있게 한다.

4

이 시집의 3부는 기울고 아픔만 쌓이는 세상사에서 상승의 밧줄을 찾지 못하고 무기력하게 허물어지는 시인 자신의 내면을 문제삼는다. 허물어진 삶을 추슬러 자기의 길을 찾으려는 시도는 계속 빗나간다. 특히 시인은 교사(敎師)라는 직업을 천직으로 삼고 그 힘을 바탕으로 시를 쓴다. 교사로서의 삶은 '희망'이면서 '절망'이다. "내 영혼이 눈망울 속에/ 다리 하나 놓고 있다.// 천직 길/ 20년 세월,// 꿈은 늘 타고 있다"(「희망에 관하여」)고 하지만, 이 다짐은

역설적으로 깊은 절망을 털어내려는 안간힘으로 울린다. "젖어 내린 가슴 안 쪽 역류(逆流)하는" 온갖 '애증'과 '미움' '그리움'과 '사랑'이 뒤범벅된 「허무가」가 진실해 보인다. 교육 현실, 학교, 학생, 교사로서의 자기 자신에게까지 환멸을 느끼며 쓴 「교단일기」 시편은 교사로서의 정체성이 허물어져 가는 절망과 "등 푸른/ 그리움이 목 늘이는" 절규가 뒤섞인 혼란스런 상황에서 제 길을 찾으려는 의지를 표현한다. 시인에게 교사로서 정체성의 혼란은 곧 자아 정체성의 혼란이다. 이를 시쓰기로 구원받고자 하는데, 그 절망과 희망을 끝까지 밀어붙이지 못하고 예정된 목소리에 기댄다.

마음이 이끄는 길,
길을 따라 가고 있다.

반쯤 내린 산빛으로 젖어 있는
절 한 채

헐벗은
영혼의 귀의(歸依),

약속들만 묻고 있다.

—「마음이 이끄는 길」 부분

세상사의 고달픔과 영혼의 들끓는 상처를 스스로의 내면적 긴장 속에서 평정하지 못하고 절대자에게 귀의(歸依)함으로써 영혼을 정화하고 시의 길을 찾으려는 시도가 나타난다. 이런 시적 현상은, 추락과 비상의 긴장을 내면의 힘으로 버티며 개성적인 시세계를 창조·발전시켜 온 그의 시적 영혼이 피로에 지친 결과이리라.

「마음이 이끄는 길」「목어」「운주사」 등은 부처의 지혜에 기댐으로써 길을 찾고자 하는 시들이다. 그래서 "이승의 잡소리에 귀만 커진 석불이여./ 열반(涅槃)이 보이는 길 아프고 아린 세상/ 내 꿈도 새벽 여명(黎明)엔 물비늘로 반짝인다"(「운주사」)고 득의에 찬 목소리를 내기도 한다. 또 "길 위에서 길을 잃은/ 또 하나의 바울"(「바울의 꿈」)을 자기 동일시하여, 예수의 말씀에서 '세속의 병든 도시'를 지혜롭게 살아가는 '길'을 찾고 "부활의 꿈을 꾼다."

세계와 자아의 불화가 극심하여 그 불화의 긴장을 지탱하지 못할 경우, 한 길은 스스로의 쓸쓸한 내면에 대한 탐구로 가고, 또 한 길은 세상에 대한 혐오와 풍자로 간다. 전자의 길을 이 시집의 제3부가 갔다면, 제4부는 후자의 길을 갔다. 풍자가 시적 힘을 얻으려면 풍자의 대상에 자기 자신까지를 포함시키는 치열함이 있어야 한다. 그러나 풍자가 풍자하는 자의 자기 성찰적 비판을 전제하지 않고, 단순한 현실 혐오나 부정에 함몰된다면 시적 진정성은 의심받게 된다. 또한 시사적(時事的) 풍자의 경우, 역사적 통찰을 바탕으로 하지 않으면, 일회용 카타르시스에 그치고 만다. 이 시집의 제4부는 이런 지적에서 자유롭지 못한 경우가 많다. 자칫 세상에 대한 혐오와 인간의 존엄에 대한 극단적인 멸시, 자기 영혼의 황폐함으로 귀결될 소지가 있다. 이 시인의 피로감이 느껴져 안타깝다. 시인은 그 피로감을 형식 실험으로 돌파하려고 하지만, 그 시적 효과는 깊지 못하다.

또한 문체의 측면에서 "~로 ~하는" 혹은 "~로 ~하고 있다"라는 문체가 관습처럼 쓰이고 있는데, 이는 4음절 한 음보를 보태는 데 효과적일지 모르지만, 시적 비유의 효과를 떨어뜨린다. "갇혀 산 이야기들이 수증기로 승천(昇天)하고 있었다"거나 "항아리로 떠서 사는 섬들을 보고 있다" 같은 구절들은 작위적이다. 시조같이 압축적인 정형시는 언어의 경제성에 특별히 주목해야 하는데, 위와 같은 문체의 상투적 활용은 자칫 서정이 해이해지고 운(韻)의 반복이라는 단순성에 빠질 염려가 있다.

5

한 무리 나비 떼가 깃을 치고 날고 있다.
못다 푼 한줌 꿈을 눈물로 부리면서
평생을 형틀에 묶여 곰삭을 줄 알았는데

대륙성 황사 바람 길을 열어 쓸고 있다.

노을로 붉게 타다 시커먼 속을 보여

마당 귀 지키고 선 나무

달이 와서 앉아 있다.

—「목련」 전문

시인은 세상 현실과 역사를 시조라는 단형 서정시로 감당하며 온 생애와 온몸을 스스로 '형틀에 묶여 곰삭'여 왔다. 그것은 아직도 '못다 푼 한줌 꿈'이 남아 있기 때문이다. 급기야 시인이 '나비'가 되어 찬란하게 날갯짓하다 '달'로 환하게 뜰 것을 믿는다. 그 찬란한 비약은 혁명과 같은 '대륙성 황사바람'의 힘으로가 아니라, 자신의 내면에서 곰삭여 온 '못다 푼 한줌 꿈'의 '눈물'에 의해 실현될 것이다.

이한성 연보

1950년 전남 장흥 출생.

1972년 『월간문학』 신인상 수상으로 등단.

1972년 『시조문학』 추천 완료.

1973년 조대 문학회 <나락> 창립.

1974년 시화전 개최.

1975년 조선대학교 사범대학 국어교육과 졸업. 학달중·고등학
교 재직.

1978년 조선대학교 부설여자고등학교 재직.

1979년 『과정』(한국문학사) 발간.

1980년 송원고등학교 재직. 광주민주항쟁을 담은 장시조 「무등
산아, 무등산아」 탈고.

1981년 문학동인 <혁명> 창립.

1985년 『신을 끄는 보름달』(문조사) 발간.

1993년 광주광역시 시인협회 사무국장.

1999년 <오늘의 시조학회> 가입.

1999년 광주광역시 문인협회 이사.

2000년 광주문학상 수상.

현재   송원여자상업고등학교 재직 중.

참고문헌

강경호, 「평론가가 본 이 계절의 시인」, 『열린시조』 1998. 가을.

백수인, 「조선문학 50년 발자취」, 『조대신문』 지령 712호, 1999. 6. 2.